KB093336

GG

김언희

GG

김언희

PIN
025

차례

PIN
025

GG

김언희
시

반감기

나는 불어젖혔어, 사랑을, 색소폰처럼

불어젖혔지, 불멸의
색소폰을

온몸의 뼈다귀들이 필라멘트처럼 빛을 낼 때까지

불어젖혔어
당신을

불다 불다 내 머리통까지
불어 날렸어*

사랑은 방사성
폐기 물질

반감기가 오기까지

45억 년이

걸리지

* 제프 다이어

The 18th Letter *

거리의 유리창들은/ 삼킬 듯이 번쩍거리고/ 여자들은 예뻐도 너무 예뻐서/ 토가/ 다 나오는데/ 5분마다 봉기하고 5분마다/ 발기하는/ 구타 유발자/ 구토 유발자/ 그게 나야/ 그게 바로 나라고/ 혼밥

레벨 9/ 난 그 무엇의 기름도/ 그 무엇의 비명도/ 짜 먹을 수 있어/ 똥 기름까지/ 나는 상할/ 비위가 없어/ 비도 위도 없어/ 상할/ 낭심도 양심도/ 없어/ 무한

무한리필 되는/ 스티로폼 접시 위의/ 정육/ 면상이 필요 없는/ 거죽도 뼈마디도 필요 없는/ 순살/ 그게 나라고/ 연육제에 푹 담겨/ 부들부들해진 살코기/ 불판 위에서나 소리를 내보는/ 그게 나야/ 나라고/ 그래도

너는/ 썼지 너는/ 쓸 수 있었지/ 나는 나밖에 될
수 없었다고/ 웃기지 마/ 나는 나조차/ 될 수 없었
어/ 나조차도/ 될 수가 없었어/ 연애는 중노동/ 섹
스는 막노동/ 애도 개도/ 안 낳고 안 키워/ 번식 같
은 사치는

누릴 짬이 없는/ 여어기서 여기까지/ 5분마다/
지뢰를 밟고 5분마다/ 똥을 밟아/ 죽었다 깨어나도
2가/ 될 리/ 만무한/ 1＋1＋1＋1＋1＋1의/ 무한/
병렬/ 폭탄 조끼를 입고도/ 갈 데가/ 없네/ 갈 데라
고는/ 없어

* Rakim, 「The 18th Letter」

생 로랑

선물을 받는다
장갑이네

세상에서 가장 보드라운 가죽, 물개 좆으로 만든
생 로랑 장갑

장갑 속을 들여다본다

이것은屍姦같고이것은獸姦같고劫姦같고뒤집혀
질로둔갑한이것은모종의협잡같고
손가락을찔러넣어서라도

세워라, 나를!

촉촉한 물개 가죽은 살에 착 감기고 장갑은

손가락들을 흠씬 빨아들인다 입처럼
항문처럼

너는,

죽은 물개의 입에
손가락을 찔러 넣은 채 살게 될 거다

너는,

죽은 물개의 항문에
손가락을 찔러 넣은 채 살게 될 거다

다시 죽을 수 없게 된 물개 열 마리가
열 손가락을 쭉쭉 빨아댈 거다

너는,

쭉쭉 빨릴 거다 골수가 녹아내리고 창자가 녹아
내리고 뼈마디가 녹아내릴 거다 너는
이 장갑을 영영

벗을 수 없을 거다

구멍 속의 손가락들은 이미 구멍의 것
이미 질척거리고

산 채 벗겨져 더 질 좋은 생가죽 장갑이
말씬말씬 꺾어본다
열 손가락

'마디, 마디를'

Eleven Kinds of Loneliness

　— 인격이라는건온도와습도에따라변하는거야고
환처럼

　—I은홈리스II는섹스리스III는홈리스에섹스리스
너에게는좆밖에없고나에겐그마저없고

　— 니체고시체고나랑맞바꾼개는잘커?네터럭이
목구멍에엉겨죽을뻔한그개?

　— 죽여준다정말죽여줘新옥보단3D로보니온세
상이肉蒲團之極樂寶鑑이네

　—30년동안카데바노릇을하고있어6개국어로거
짓말하는카데바그게나라고

— 저개하지도못하고짖지도못하는저개엊저녁에
광견병접종을하고온저개이제는미칠수도없게된저개

— 난죽은년조차아냐시체조차도없어난내눈에도
안보여

— 정색은질색이야난잠을자면서도하품을해잠을
자면서도존다고가래침이야말로내인생의토핑이지

— 모든것을포기하고미쳐버리면시간이절약되지
않을까

— 나무젓가락같은잣대로젓대로나좀들쑤시지마
지뢰를밟고선자만이경멸할수가있는거야똥밟은자를

— 개가뒷다리로일어서서걷는것과같소……여자

가시인이된다는것은

　　― 내주여저는알알이익었나이다새까만악의의포
도송이로나의모든사랑을다해나의모오든화냥을다해

홍도 紅島

시시각각 홍채의 색깔이 변하는 태양

퉤,퉤,퉤,퉤,퉤 침을 뱉어대는 파도

사방으로 튀는 침방울

좌판 위에서 선잠을 깨는 물고기

썩어갈수록 싱싱해지는 핏빛 물고기 눈알

몸을 던질 때마다 트램펄린처럼 튕겨 올리는 수면

살 떨리게 몰아세우는 時時 刻刻의 혀

너무 길거나 너무 짧은 혀, 요원한

G스폿, 요원한 독순술, 詩여

매 순간이 餓死 직전인

구멍 없는 매춘부!

사랑하는 나의 하나님

사랑하는 나의 하나님
당신은 나의 늙은 양, 나의 늙은 암캐
시들어빠진 좆을 달고 엉거주춤 서 있는 암캐

사랑하는 나의 하나님
당신은 나의 벼룩
내 피를 빨려가며 키우는 대롱 속의 벼룩, 이 밤도

길길이길길이길길이 뛰노는 하나님
그러나 언젠가는 손톱으로 눌러 죽여야 할 나의
하나님

사랑하는 나의 하나님
잘못 이식된 장기 같은 하나님
보지조차 없으면서 좆통이가 시려워 우는 하나님

사랑하는 나의 하나님

나보다 단 1초도 먼저 죽지 않을* 나의 하나님

사랑하는 나의 하나님

사라지는 순간까지 영원할 하나님

그러나 시체조차 없이 죽을

나의 하나님

* 지그문트 바우만

월인천강 月印千江

와장창! 유리창이 깨지고
뭔가가 날아들어 온다
거실 바닥에
쿵!
떨어진다
떨어진 다음에도
펄떡펄떡 뛰고 있다 잘린
모가지다 피 칠갑이다
이 모가지가 왜
내 집에
눈을 뜨고 죽은
피가 솟도록 치뜨고 죽은 두 눈이
왜 이 밤중에
입을 틀어막으며 피 엉긴 머리털을
움켜잡는다 죽어 떡 벌어진 입이

내뿜는 츕츕한 입김이

와락

얼굴에 끼친다 창밖으로

힘껏 되던진다 날아간다 모가지는

투레질 시뻘건 투레질로

날아간다 푸들푸들

볼살을 떨어대며

날아간다

챙그렁!

맞은편 어디서

유리 깨지는 소리가 들린다 악!

딱 한 번 지르고 틀어막히는

짧은 비명

창밖으로 뭔가가 홱 내던져진다

숨이 턱턱 막히는 어둠 속

그 누가 하나뿐인

모가지로

팔매질을 하고

있는가 달랑 모가지 하나로

천 개의 유리창을

박살 내고

있는가 그 어디서

눈알이 빠져나갈 것인가 그 어디서

턱뼈가 떨어져 나갈 것인가

대답할 수 있는 질문은

질문이

아냐 챙그랑!

가까운 또 어디서

직벽

　머리 위로 철퍽철퍽 두부가 내리는데, 온 천지에 두북두북 두부가 쌓이는데, 허옇게 허이옇게 쌓여 가는데, 발이 푹푹 빠지는 두부 산정을 너는 걷고 있는데, 손바닥만 한 두부가 철썩 싸대기를 후려치는데, 후려치면서 으깨어지는데, 허연 두부살이 휘몰아치는데, 콧속으로 귓속으로 들이치는데, 두부에 맞은 뒤통수가 철퍽, 떨어져 나가는데, 한 치 앞이 안 보이는 희멀건 두부의 희멀건 첩첩산중, 허리까지 푹푹 빠지는 두부 산정을 너는 걷고 있는데, 철퍽철퍽 두부는 내리는데, 쌓이는데, 까마득히 눈앞에 치솟은 희뿌연 직벽, 두부 위에 두부 위에 두부 위에 두부가 쌓여, 흔들거리는데, 이 물컹한 직벽, 푸슬푸슬 무너지면서 아슬아슬 쌓여 올라가는 직벽, 아래 너는 서 있는데, 눈을 뜰 수가 없는데, 눈을 뗄 수도 없는데, 철퍽철퍽 두부는 내리고 있는

데, 두부로 두부를 뭉개고 있는데, 두부로 두부를
지우고 있는데,

끝과 시작의 오중주

I

나는야 1등급
불쏘시개

X도 모르는 분도 X밖에 모르는 분도 5분이면
꼬리에 기름을 붓고 불을
붙일 수 있어

5분이면
김빠진 시체로 만들어드린다고

II

이봐요, 시는 미친년 널뛰듯이 쓰는 거야요

여자가 아닌 것은 아닌 여자가 쓰는
시가 아닌 것은
아닌 시

난 도를 넘다 못해 곤두박질쳐
여기까지 온 거요

토사물을 앞섶에
묻힌 채

III

나를 키운 건
8할이

사내들이야

나 같은 생태 교란종을 키운 건

나에겐 마르지 않는 靈感의 샘이 아니라 마르지
않는 증오의 검룡소가
있어

IV

그래도, 한번
기억해봐

네가 마지막으로 인간이었던 때가 언제였는지*

인간이었던 적이

단 한 번도

없어요

그게 나의

긍지죠

V

액자 속의

교황은

앉은자리에서 추락 중이다 전속력으로

추락 중인 교황이 아직도 내 눈앞에 있는 걸 보면

나 역시 교황만큼의 속력으로
추락 중인 거

맞지, 아직?

* 신동옥, 『기억해 봐, 마지막으로 시인이었던 것이 언제였는지』

Happy Sad

고독이 아니라

성욕을

앗기자, 난

물을 앗긴 물고기처럼 됩디다, 동지

돼지를 인물 보고 잡아먹냐

잉잉거리던 사내들을

앗기자, 동지

그래도 난

구멍이 나도록 살았소

뼛속에 엿 구멍이 나도록, 동지

비위생적인 혀로 비

위생적인

연애들을 관철해가며, 시커먼

터럭들이 묘판처럼 길어 나오는 백지 위에서, 동지

失明한 낭심들을, 입안에서

새파랗게

얼어붙는 것들을 어르고 달래며

이 세상 맛이 아닌 맛을 보여주곤 했소, 동지

진심을 다한 거짓말들을

거짓말을

할 때마다 길어 나오던 것들을

사랑했소, 달아오를 때마다 길어 나오던

송곳니들을, 난 사람도 아닐 때가

많았소, 동지, 짐승만도

못 할 때가, 그래도

난 그런 때가

좋았소, 목맨 자들의

발 박수를 받으며 예수보다 더

쪽팔리는 것이 될 때가, 걸레에서 벌레까지

見者에서 犬者까지 양다리를

늘여 걸치고

이제는

죽을 수가

있을 것 같던 그때가, 동지

* 팀 버클리, 「Happy Sad」

6분전의생물

매순간내가나를씹어삼키는생물/목구멍이찢어지
도록씹어삼키고있는생물/교대6분전의

생물/눈꺼풀이철제셔터처럼내려오고있는생물/
오줌이눈알까지차오르는/6분전의생물/개돼지도못
견디는나를

견디는생물/피가나도록살을긁어대며견디고있는
생물/너같은건본적이없는생물/정신을차려보면내
가또내뒤통수를

버석버석씹고있는생물/너같은게대체왜있는생
물/심장을도려파이고남은거죽으로/껍데기집처마
밑에서끽끽

웃고있는생물/그렇게까지웃을필요가없는웃음을/그렇게까지웃고있는생물/이구멍으로저구멍을돌려막는생물/이자지로

저자지를돌려막는생물/그러고도목구멍으로밥이넘어가냐/넘어가는생물/너같은건안중에도없는생물/살아서는

아무눈에도안보이는생물/여기있었을리만무한생물/너같은건숨이끊어져야눈에보이는생물/죽은

다음에야이목구비가생기는생물/누군가를부르려면/숨부터끊어져야하는생물/

격琍에게

　말을 버리고 짖는 자여, 말문을 틀어막은 자여, 돌돌돌 혀를 말아 삼킨 자여, 식도까지 돌멩이가 차오른 자여, 한 마리 개와도 같이 사타구니에 대가리를 끼워 넣고 개잠을 자는 자여, 한 번도 집을 가져본 적이 없는 자여, 한 번도 주인을 가져본 적이 없는 개와도 같이, 한 번도 개가 되어본 적이 없는 개와도 같이, 혀 밑에 반 방울의 꿀도 머금어본 적 없는* 자여, 짖을 때마다 사라져가는 개와도 같이, 다만 이빨이며 목청인 자여, 다만 콧구멍이며 후각인 자여, 수풀처럼 우거진 털로 안색을 가리고, 귀신을 맡는 한 마리 개와도 같이,

* 박상륭

하지夏至

딸꾹질만이
백만 번의 따귀로도 멈출 수 없는
멈춘 적 없는
딸꾹질만이
모가지가 사라지고도
멈추어지지 않는
딸꾹질만이
다만 허덕임일 뿐인
이 허덕임만이
참을 수 없는
기갈만이
심문과도 같은
이 기갈만이
끝없는 夏至만이
말라붙는

천변의 기포들만이

잡아먹을 듯 탐닉하던 눈알들만이

너무나 많은 것을 집어삼켜

더는 아무것도 삼키지

못하는 눈알들

망막이

벗겨져 나간 눈알들만이

익어버린, 익었지만

꺼지지 않는

질긴

기포들만이

또 하나의 고; 독

—before

　소금 구덩이 속의 염소 같던 고독, 말을 하면 할수록 말이 안 나오던 고독, 목구멍 깊숙이 허연 소금 산이 빛나던 고독, 문고리에 목을 걸고 수음을 하던 고독, 목을 졸라주지 않으면, 수음조차도 할 수 없었던 고독, 시 같은 건 개나 주라지, 머리와 따로 노는 가발을 쓰고, 이건 19禁이 아냐, 사람禁이야. 읽는 데 십 팔년, 잊는 데도 십 팔년, 낄낄거리던 고독, 성령의 비둘기가 번번이 똥을 깔겨 축성해주던 고독, 시뻘건 대낮에 헛씹을 하고, 소문난 헛제사밥을 나눠 먹던 고독, 그것이 인생 마지막 섹스인 줄도 몰랐던 고독, 사내란 십중팔구가 지뢰 아닐까, 오밤중에 문자를 보내던 고독, 눈을 감으면 보이는 것 때문에 눈을 감을 수가 없어, 걸쭉한 고깃국물 같은 안개 속에서 등을 돌리던 고독, 윤곽도 형체도 없이 뿌우연 안개로 풀어지던 고독, 꿈에 본 고독, 자신의 두개골을 깨진 화분처럼 옆구리에 끼고 서 있던 고독, 죽기도 전에 GG, 두 음절로 본인의 부음 먼저 전한 고독, 가지 못했을 수도 있는 곳에 도달하지 않을 수 없게 된* 고독, 입을 봉투처럼 벌리고 5만 원짜리 한 장을 받아먹는 고독, 이제 나와는 계산이 끝난 고독,

* 파스칼 키냐르

그해 여름

그해 여름
숨이
턱턱 막히던 여름
죽은 자는 뜨겁고 산 자는 차겁던 여름
죽은 자만이 진정 인간이던
그해 여름, 방구석에
틀어박힌 채
바람을 피우던 여름, 비 맞은 개처럼
냄새도 잃고 방향도 잃은 채
표류 중이던 여름
앉은자리에서
수십 번 익사 중이던 여름
死境을 헤매던 여름, 죽어도 사경에서
헤어 나오지 않았던 여름, 숨을
끊었는데도

금단현상이 없던 여름, 숨을 끊었는데도

아무것도 달라지지 않던

여름, 죽어주면

끝일 줄

알았는데, 끝이 아니라서 미치던 여름

죽은 뒤에도 피둥피둥 살이

찌던 여름, 독사과를

박스째 먹고도

눈 한번

못 붙이던 그해 여름, 암이

무슨 벼슬이야, 벌레 씹은 얼굴이 씹힌 벌레의 얼굴을

째려보던 여름, 사람은 죽어서야

사람이 되는 거야

죽음의 겹자가

내 골통을 꽉 움켜잡았던 여름
졸밋졸밋 내 골통을
조이던
그해 여름

에우리디케를 위한 몇 개의 에스키스

I

나를 봐, 오르페우스, 내 얼굴을
한 번만이라도
똑바로

봤으니, 돌아가

갈망하던 왕
비통의 왕 회한의 왕 상실의 왕이 되어서

죽음이
섞여

지옥이 섞일 만큼 섞여 더 찌릿찌릿한 노래를 부

르러 가

당신의 가든
당신만의 엑스터시 가든에서 두 번 죽인 여자
귀신이 죽어 다시 귀신이 된 여자를
노래하라고

나를 잃은 회환과 나를 잃은 희열을
노래하라고

……죽음은

돈이
되잖아, 오르페우스

II

혼자가
아냐, 오르페우스

뭘 보고 짖는진 모르지만, 무언가를 보고 짖는다
는 건
알잖아, 당신도, 개들이 미친 듯이
짖어댈 땐

짖을 수만 있다면, 짖고
싶어질 거야
당신도

내 얼굴을 알아보지 않을 수 없을 때

뚜렷해져서는 안 되는 이목구비가

뚜렷해질 때

터널 속에 버려진 개처럼

짖게 될 거야

당신 옆에 누워 있어

지금

나

웃고 있어

이게, 웃음이라면

솔루비를 위하여

솔루비는 아라비아에서는 비굴하게 구는 것으로 유명한 최천민 계급에 속한다. 고급 카페에는 손님들이 식사를 하는 동안 손님들의 항문을 애무하는 솔루비들이 항상 대기하고 있다―. 의자 바닥에 나 있는 구멍은 이러한 용도로 만들어졌다. 실제로 이 일을 하는 솔루비들은 부자가 되고 오만해져서 원래 가지고 있던 비굴함을 벗어던지게 된다. 최천민 계급의 기원이 무엇일까? 아마 몰락한 사제 계급일 것이다. 최천민 계급은 스스로 인간의 모든 비열함을 대행함으로써 사제와 같은 역할을 수행한다.

―윌리엄 버로스

비굴을 벗어던지고 오만해진 솔루비

불알 한 쪽이 머리통 하나만큼씩 커진 솔루비

혓바닥 하나로 세상을 싹 핥아치울 수 있게 된 솔루비

거시기에 팔천육백한 개의 인조 다이아를 해 박은 솔루비

그러나 솔루비가 아닌 다른 무엇일 수는 없는 솔루비

그러나 혓바닥이 아니면 아무것도 아닌 솔루비

삼척

너는 게를 좋아하고
게라면 사족을 못 쓰고
네가 발겨 먹은 게 껍데기만 해도 경주 남산 고
분군만은 하고
넌 죽으면 게가 될 거야
되면 좋지 뭐
등딱지를 뜯기고 사지를 뜯기고
발가락 끝까지 꼭꼭 씹혀서 개운하게 발겨 먹히
면 좋지 뭐
삼척 망상 무한리필
대게집 무한
리필되는 대게 무더기 앞에서
산더미처럼 쌓여 올라가는 게 껍데기에 에워싸
인 채
대게를 뜯는다 먹어도 먹어도

헛헛한 대게

대게가 아니라 대게의 유령 같은 리필용 대게

게딱지는 종잇장처럼 말씬거리고

살은 흐를 듯 무른

유령 대게

뜯으면 뜯을수록 헛헛해지고 있다 씹으면 씹을
수록

휘휘해지고 있다 빈 대롱 같은 게 다리

텅 빈 대롱들이 나를

휘, 휘,

불고 있다 시뻘건 네온 게 다리가

풍차처럼 돌아가고 있는 삼척 망상 무한리필 대
게집

무한리필 되는 파도와

무한리필 되는

물거품들이

무람하게 넘나들고 있는 밤의 유리창

누군가 망연자실 들여다보고 있다

제 유령을 처음 보는

유령의 얼굴로

Endless Jazz 44

― 이봐잇새에긴살점한테도입장과처지가있어

― 사람이무슨짓까지할수있는지안다고?지금내가대가리를박고있는살이뭣의살인지안다고당신이?

― 난잊었어하지만내비장이잊질않았어내췌장이잊질않았어

― 파리도똥이더러울때가있어개도개아닐때가있다고선생을맷돌에갈아한강에푼왕의심정을왜알것같을까?

― 샤워를하려고옷을벗어보니씨발불알에고드름이달렸더라니까그런게씨발가능할줄도몰랐는데

—목구멍으로밥이넘어간다고산목숨같니내가?

　—상행위나성행위나그게그거다정치나치정이나
여보나갈보나아줌마좋아서죽어봤소?

　—너는대변인의대변인똥이똥을누면네냄새가날
거야

　—머릿속에죽은개가한마리늘어져있다*나는이제
변하지않으면죽는다변해도죽는다

　— 잡아뽑힌목들이잡아뽑힌닭모가지처럼흔들거
리는마지막전철피로물질과피로물질을접붙이면뭐가

　—나오나……모든현장이즉사의현장이다

— 쌍소멸하자세계여색다른부위에색다른음문을
만들어달고하얗게면도질해달고더이상목이

— 마르지않다목이마르지않는이공포

* 영국 드라마 「블랙 미러」

여느 날, 여느 아침을

 여느 날 여느 때의 아침을, 죽어서 맞는다는 거, 죽은 여자로서 맞는다는 거, 섹스와 끼니에서 해방된 여자로서, 모욕과 배신에서 해방된 여자로서, 지저분한 농담에서 해방된 여자로서 맞는다는 거, 어처구니없는 삶으로부터도, 어처구니없는 죽음으로부터도 해방된 여자로서 맞는다는 거, 오늘 하루를 살아 넘기지 않아도 된다는 거, 사랑하지 않아도 된다는 거, 사랑하기 위하여 이를 갈아 부치지 않아도 된다는 거, 칼을 삼키듯 말을 삼키지 않아도 된다는 거, 여느 날 여느 때의 아침을, 죽은 여자로서 맞는다는 거, 매 순간 머리끝이 쭈뼛하지 않아도 된다는 거, 소스라치고 소스라치고 소스라치지 않아도 된다는 거, 밤이면 끝없이 끝도 없이 미끌미끌한 눈동자들을 게우지 않아도 된다는 거, 아무것도 달라지지 않은 아침을, 죽어서 맞는다는 거, 알람 없이 맞

는다는 거, 이 기막힌 잠, 형언할 수 없는 잠, 말도
안 되게 진짜인 잠, 내일 없는 잠, 오오, 내일 없는
이 잠을 음미한다는 거, 이 순간보다 길지 않은 아
침을, 목을 지그시 밟아 누르는 발목 없이 맞는다는
거, 혐오 없이 증오 없이 맞는다는 거, 같잖은 생,
같잖은 죽음, 같잖은 하나님, 희미한 경멸을 띠고서
맞는다는 거, 내가 신인 줄을 몰랐다가 신이 되어
맞는다는 거,

생각의 목록

눈먼 개 같은 생각, 정육점에 풀어놓은 눈먼 개 같은 생각,

어느새 하고 있는 생각, 처음 하는 것도 아닌 생각, 내가 처음인 것도 아닌 생각,

지저분한 안주 같은 생각, 젖꼭지까지 박혀 있는 돼지 껍데기 같은 생각,

하고 싶지 않아도 하고 있는 생각, 하지 않아도 하고 있는 생각,

구멍구멍 쥐새끼처럼 들락거리는 생각, 갉잘갉작 뼈를 갉아대는 생각,

고무장갑을 불면 튀어나오듯 튀어나오는 생각, 출처가 불분명한 생각,

다리를 절고, 혀를 절고, 자지를 절고, 심장을 절룩거리는 생각,

여분의 입, 여분의 혀, 여분의 생식기를 가진 생각, 냄새가 코를 찌르는 생각,

견딜 수도, 피할 수도, 떨칠 수도 없는 생각, 창자를 물고 늘어지는 생각,

내 생각이 아니지만 내 생각이 아닌 것도 아닌 생각,

이 생각만 하지 않을 수 있다면, 살인이라도 할 수 있을 것 같은 생각,

이렇게까지 집요할 필요가 없는 생각,

오문행誤文行

    느닷없는 문자가, 있소, 황당하기 짝이 없는 문자가, 새빨갛게 주름 잡힌 문자가, 있소, 문장 한복판에, 똥구멍처럼 옴쭉거리는 문자가, 진동하는 악취의 문자가, 숨이 컥 막히는 문자가, 있소, 입이 쩍벌어진 문자가, 입천장까지 새까맣게 파리 떼로 뒤덮인 문자가, 있소, 발음할 수 없는 문자가, 혓바닥을 종잇장처럼 찢어놓을 문자가, 불러서는 안 오는, 써서는 안 써지는 문자가, 있소, 그러나 그 문자 없이는 문장이, 문장이 아니게 되는 문자가, 있소, 문장 한복판에 시커먼 뒤통수로 떠 있소, 얼굴을 물속에 담근 문자가, 건져낼 수 없는 문자가, 건드리면 철철 썩어 내리는 문자가, 있소, 출처를 알 수 없는 문자가, 死角에서 나타났다 死角으로 사라지는 문자가 있소, 문장을 망치고 문맥을 잘라먹으며, 문장한복판에 있소, 적출된 눈알처럼, 있소, 시퍼렇게

있소, 피할 수 없는 얼음 구멍으로, 있소, 발밑이 쩌
억 갈라져가는 얼음의 문장, 바로, 저기에

황색 칼립소

I

혓바닥에 검은 털이 빡빡이 돋아나고 있어

입속의 검은
구두 솔

구두거나 귀두거나 모조리
光내줄 수 있어

막창에서
밑창까지

II

엉겁결에,

만인의 연인이 되고 말다니
만인의 黃狗가

영원히 삭제 불가능한 리벤지 포르노의 주인공이

1초도 혼자 있을 수가 없어
1초도 혼자 있을 데라고는 없어

아무도 날 잊어주지 않아
단 1초도

III

더 이상 혀를 못 놀리게 된 자만이 진짜 죽은 자
라고

발화의 욕구는 성욕보다
백배는
강해

귀를 대주라고, 언니, 뒤를
대주듯이

VI

세 번이나 하고도 한 기억이 전혀 없어

이제 난 어제 한 거짓말도
기억이 안 나

난 매 순간 나에게서 빠져나가야 살아 말매미처럼

내 손으로 내 등짝을
가르고

09:00

사람 하나 죽이고 싶어 나갔더니 마침

그 여자가 지나갑디다

마침 그 여자가
될지도
모르는 하루를 시작한다 삼각 김밥 속에서
허연 어금니가 나올지도 모르는
하루를, 아는 사람
전부가
원수가 될지도 모르는 하루를 시작한다
이 세상이 사과처럼 두 쪽으로
빠개지는 걸
목도하게
될지도 모르는 하루

박제가 된 다음에도 울부짖어야 하는 이리의

하루를 시작한다 죽은 입을 떡 벌리고

누런 변기 속 같은

목구멍을

보여주어야 하는 하루, 새까맣게

파리 떼가 꼬여 있는 혓바닥까지, 파리 떼로 뒤덮인

입천장까지 보여주게

될 하루를

시작한다 물 샐 틈 없던 나의 틈새에서

불불불불 돈벌레들이 겨 나오는

하루, 니가 사람인 줄 알지?

네까짓 건 밟아도

갯값도

안 돼! 갯값도 안 되는 하루를

혓바닥으로 걸레질을 하게 될 하루를

시작한다 사망 추정

여섯 시간 9분

전을

실렌시오

침이 독이 되도록 침묵할 때,

입속에서 침이 납처럼 끓을 때,

귀밑샘 가득 독이 차오를 때,

시커먼 입이 독으로 축축해질 때,

죽음을 향해 삐뚜름하게 미소 지을 때,

터질 듯이 씨방이 부풀어 오를 때,

고막이 탱탱 울릴 때,

젖꼭지가 빳빳해질 때,

온몸의 숨구멍이 분화구처럼 벌어져갈 때,

눈앞의 허공이 실룩거릴 때,

그것이 나를 열고 들어올 때,

또 하나의 고; 독
— after

비 내리는 길바닥에서 로드 킬 당한 고독, 애매
하게 죽어 애매한 반송장이 된 고독, 나 좀 죽어 있
자, 좀 죽어 있자고, 제발! 끝까지 숨을 참던 고독,
끝까지 죽은 척하던 고독, 똑똑히 봤어, 난, 빙충맞
은 내 혼백이 방귀처럼 똥구멍으로 빠져나가는 걸,
흰소리를 해대는 고독, 본인의 죽음에 불참한 두개
골을, 깨진 연탄재 같은 두개골을 창틀에 얹고, 코
치쿠스, 돈두령, 할타보까, 외팔이수타짜장면, 보이
는 글자는 모두 다 읽는 고독, 안 그리워, 사람은 안
그리워, 안 그리워, 나는 나하고도 뚝 떨어져 살아,
메아리가 치도록, 손을 훼훼 내젓는 고독, 비밀인
데, 죽음은 과분한 거야, 인간에겐 과분한 거야, 과
분하기 짝이 없는 거라고, 입과 똥구멍이 한꺼번에
헉 벌어지도록 과분한 거야, 은근히 넘버 1 위에 있
는 넘버 0의 눈치를 살피는 고독, 죽었다 깨어나도

바리공주는 못 되고 스킨헤드로 돌아온 고독, 과도한 헤드뱅잉으로 목뼈가 나간 코브라 같은 고독, 니가 아니, 해골의 오한을, 귓불에 닿는 얼음 낀 콧김을 아냐고, 오한에 무디어지는 이 오한을, 이를 갈아대는 고독, 왜 내 눈에는 봉합선만 보이지, 실밥터진 봉합선들만, 이봐, 용쓰지 마, 당근 같은 니 자지, 실밥 터질라, 와중에도 마냥 뻐꾸기를 날리는 고독, 그 무엇이라도 불러보고 싶어서 개를 주워 오는 고독, 이리 와, 이리 와, 하나님, 똥 누러 가자, 하나님의 목줄을 쥐고, 비척비척 걸어 나가는 고독, 뒷발로 서서 걷는 일에 영원히 익숙해지지가 않는 고독,

필리버스팅, 262801시간 22분 49초

―진행 중

Endless Jazz 19

—멍게는자라면서뇌를버리죠불필요하니까

—난더럽게높은아파트에살아여기선투신을해도
땅바닥에닿기전에늙어서들죽어

—우린유리깨나씹어본언니들그래그러니자지유
리자지씹어볼만하겠다굵고짧은니자지도가늘고긴
니자지도

—저분은그분이눈에넣어서기르는기생충이야눈
에넣어도안아픈

—13초마다낙하해서정수리를후려치는20톤짜리
해머같은거이게이게뭐지뭐냐고대체

—세상에나쁜개는없어요개가주인에게보여줄수
있는최고의애정표현이죠얼굴에똥을누어준다는건

　　—지금여기살아있는자살아남은자괴물아닌자없
어난나의엄청난몰염치때문에살아남은거야

　　—물!소리만들어도똥부터지리는사람들이에요우
리는

　　—얼추다닿은것같지?진짜바닥이다싶을때좌악
열릴거야바닥이자동개폐식으로그러고는등뒤에서
스르르닫혀

　　—절대로아무것도끝장이나지않아이게이바닥의
풍토병이야

―지금나는여기있고싶어서있는거야등신이지옥
은내손으로개축하고증축한거라고

　　―1억년동안자라나야할종유석이하룻밤에다자라
다니

　　―입에넣는건뭐든지두배로불어난다입을더럽히
지않고할수있는일은없을까……정말?

귀류鬼柳

밤비

내리는데

머리카락 같은 비

휘날리는데, 휘감기는데

鬼柳, 鬼柳, 비 맞는 귀신버들

기름한 잎잎이, 기름한

눈을 뜨는데

물 위에다

빗방울은 자꾸

못 보던 입술들을 피워내는데, 뜰채로

뜰 수도 없는 입술들을

피워내는데, 모르는

이름들이

실뱀처럼 내 귓속으로 흘러드는데, 밤비

내리는데, 비 맞는

귀신버들

잎잎이 살을 떠는 가지에 앉아, 너는

내게 자꾸 돌멩이를

먹이는데, 살도

뼈도 없는

나에게

격에게

끝이야, 이것이, 치정의 끝, 화냥의 끝, 엽색의 끝이야, 이것이, 맥락의 끝, 갈 데의 끝, 방향의 끝, 이것이, 이것이 끝이야, 핏물이 흥건한 토설의 끝, 목이 겪쇠처럼 꺾어진 자의 끝, 피가 벌건 생고기 3인분의 끝이야, 이것이, 고기 대신 붉은 숯을 집어 먹던 자의 끝, 입속에서 환하게 불타던 숯의 끝이야, 肉交의 끝, 肉味의 끝, 이것이, 육질과 육즙을 의심받던 꽃등심의 끝이야, 마블링이 화려한 비명의 끝, 오한의 끝이야, 뱀처럼 정색을 한 자의 끝, 시체처럼 진지한 자의 끝, 말소가 불가능한 저주의 끝이야, 이것이, 뒤통수에 쩍쩍 들어붙는 공포의 흡반, 이 역겨운 입의 끝이야, 이것이, 이것이, 의심하는 자의 끝, 의심받는 자의 끝, 진땀의, 진물의, 진창의 끝이야, 턱이 빠진 자의 끝, 벌겋게 해진 똥구멍의 끝, 이것이 착즙의 끝이야, 생살에서 무지개를 짜내

던 착즙의 끝, 누설의 끝, 이것이, 생선 내장처럼 미끌미끌하고 비릿한 ㅅ내의 끝이야, 물물의 끝,

징徵

검은 기름 바다 위 붉은 놋 달이 징처럼 떠 있다

배꼽이 열두 갈래로 진동하는 황동의 밤

울음을 열고 울음을 잡고 울음의 뒤를 걷는다

노회한 뱀처럼 밤의 물마루를 타 넘어오는 이여

오늘 밤 나를 죽여주지 않으면 당신은 살인자요*

* 모리스 블랑쇼

PIN

025

니르바나 에스테틱

김언희

에세이

니르바나 에스테틱

지금은 새벽 두 시 반이오, 선생. 찬물을 한 잔 마시고, 지금부터 산문 30매를 쓸 거요. 미친 짓 같지 않소? 나는 산문 청탁에 응해본 적이 없는데. 굳이 산문을 안 쓰는 이유 말이오? 할 말이 없어서요. 그래서 시를 쓰는지도 모르오. 할 말이라고는 없어서. 게다가 나는 시조차, 시가 아니게 만들려고 동분서주하는 사람 아니오, 선생. 마치 도끼를 들고 제 가족을 찍어 죽이겠다고 동분서주하던 잭 니컬슨처럼 말이오.

그런데 30매요. 말이 되는 소리라고는 해본 적이 없는 주제에. 내가 잠시 정신줄을 놓았던 거요, 선생. 연전에 시집을 한 권 받았었소. 그 시집이 그렇게 마음에 들었소. 손에 착 붙는 책의 물성과 디자인이. 게다가 시도 좋았소. 나도 그런 시집을 한 권 갖고 싶었던 거요, 선생. 그런 시집에다가 대고 설마 육두문자로 개칠은 못 할 것 같더라는 거요, 내가. 아무리 '미친년'이라고 해도 말이오. 사실, '미친년'은 여태껏 내가 들어본 최고의 상찬 아니오. 지금껏 미친년이라는 특혜를 실컷 누려왔으니 말이오. 기막히게 더럽고, 기막히게 무식할 특혜 말이오. 게다가 횡설수설의 특혜까지도. 쓰다 보니, 선생, 어쩌면 내가 뭔가를 욕망한다는 거, 그 자체가 나에겐 더 중요하게 작동을 한 것 같소. 가장 공포스러운 건 기갈이 아니라 고갈 아니오, 선생. 욕망으로 인한 기갈이 아니라 욕망의 고갈, 그게 죽음 아니오. 쓰는 자에겐.

아무튼 30매, 6천 자요, 선생. 게다가 청탁받은

주제가 무려 '구체적인 기호품'이오. 나에게는 '기호'와 '취향'이라는 것에 알레르기가 있소. 빌어먹을 하루키 덕분일 거요. 이 작자는 읽을 때마다 번번이 모멸감 비슷한 걸 느끼게 하지 않았소. 독자를 우습게 여기는 듯한. 오롯이 '기호'와 '취향'의, '기분'과 '느낌'의 세계에 대해서라면 가벼운 경멸로도 충분할 것을, 왜 굳이 모멸로까지 받아들였을까, 싶기도 하구려. 아마 모종의 박탈감 같은 것도 작용했지 않겠소. 나는 하루키적인 인물이 전혀 못 되고, 세련된 기호와 섬세한 취향만으로도 너끈히 자신을 정의하고 표현할 수 있는 하루키적 계층에 속하는 인간이 아니어서 그랬을 거요.

솔직히 나는 취향과는 무관한 노동을 하고, 취향과는 무관한 섹스를 하고, 취향과는 무관한 식사를 하고, 취향과는 무관한 대화를 하고, 취향과는 무관한 인간들과 부대끼며 살지 않소. 가족을 포함해서 말이오. 심지어 나라는 캐릭터조차도 내 취향은 아니오. 나라는 몰골, 나라는 존재 방식, 모두 내 취향은 아니라는 말이오. 이 세계도 이 삶도 정말이지 내 취향은 아니오, 선생. 내가 쓰는 시조차. 솔직히 취향은커녕 나에게 진정 '나'라는 게 있기나 했소? '내 인생'이랄 게 있긴 있었소? 심지어는 죽음조차 도 '나의 죽음'은 없었소. 우리는 사는 자가 누구인 지도 모르고 살다가, 죽는 자가 누구인지도 모르고 죽게 되는 거였소. 밖은 아직 어둡소, 선생. 네 시 반은 되어야 나갈 만할 거요.

요 며칠 새벽이면 헤드셋을 목에 두르고 강으로 나가오. 김소희의 구음口音을 듣고 싶어서. 정확히 12분 24초. 한 예술가가 자기 기량의 정점에서 원 도 한도 없이 혼을 내지르는 소리, 소름이 쭉쭉 끼 치는 그 경지를 좁은 방 안에서 누리기엔 벅차, 강 으로 나가는 거요. 강폭이 가장 넓은 곳에 서서 직 벽을 마주하고 듣소. 거기에 서서야 뒤통수에서 꼬 리뼈까지 찌릿찌릿 흐르는 전율을 온몸으로 느낄 수 있어 그러오. 돌아와서는 아침을 먹소. 25년 된 주공 아파트가 보이는 쪽창 앞에, 대개 서서. 그리고 읽고, 쓰고, 꼼지락거리고, 커피 서너 잔을 마시고, 저녁으로 맥주 한 캔, 공짜 넷플릭스로 이것저것 보거나 말거나 하다가 자는 거요. 이 일상 속에, 이런 일상의 무한 반복 속에 무슨 취향과 기호가, 게다가 '구체적인 기호품'이 있을 수 있겠소, 선생.

그러거나 말거나, 이 일상을 탈탈 털어 문제의 '구체적인 기호품'을 발견해야 하오. 발명이라도 하든가. 마감이 오늘이오, 선생. 김소희의 소리는 하루의 시동을 거는 일종의 보건체조용, 언제 「디깅 마이 포테이토Digging My Potato」로 넘어갈지도 모르고, 쪽창 앞에 서서 사료처럼 먹는 한 끼와 커피. 이마트몰 쓱배송으로 주문해서 마시는 인스턴트커피, G7이 있으면 좋고, 없으면 아무거나. 맥주는 파울라너, 있으면 좋고, 없으면 더 싼 걸로. 혹시나 맥주 쪽을 기웃해보지만 이것도 아닌 것 같소. 하루도 빠지지 않고 신실하게 마시는 한 캔의 맥주는 기호품이오, 생필품이오?

미식으로 유명한 토스카나를 돌아다닐 때에도 여행 경비에 이미 포함된 명품 스테이크, 명품 와인 대신 주구장창 맥주 500시시로 저녁을 때우는 나에게 누군가 물었었소. 왜 굳이 맥주요? 안 씹어도 되잖소. 이 대화 이후로 나에게 말을 거는 사람은 없었소. 여행이 끝나도록. 그래서 편했소. 그랬거나 말거나 나는 패키지여행이 좋소, 선생. 동행들을 공부하는 재미 때문에. 패키지가 아니면, 대체 어디서 그토록 무궁무진한 인물들을 그렇게나 가까이서 접해볼 수 있겠소. 나 같은 히키코모리가 말이오. 그건 그렇고, 씹는 수고 없이도 배가 불러진다는 이유로 맥주를 기호품이라 할 수는 없지 않겠소. 일단 나가서 좀 걷다 옵시다.

이미 일상에서는 글렀으니, 나라는 구조물을 한 번 털어보는 수밖에 없겠구려. 아무려면 인간이 기호품 하나 없이 살기야 하겠소. 제 아무리 5분 안에 버릴 수 있는 것만 가지고 사는 인간이라 해도 말이오. 5분 안에 버릴 수 있는 것의 목록에는 목숨도 포함된다는 걸 최근에는 몸소 증명해 보이기까지 했잖소. 졸지에 두개골을 연탄재처럼 깨부숴가며. 그랬소, 선생. 이 우주에 5분 안에 버릴 수 없는 것은 아무것도 없었소. 5분도 길었소. 그저 찰나면, 충분했소, 선생.

아무려나, 5분 안에 버릴 수 있는 잡동사니들의 갈피를 들쑤셔봅시다. 기호품이라 부를 만한 뭔가가 나올 때까지. 기왕이면 시인다운 기호품으로. 기호품이란 게 결국은 비언어적 존재 증명 아니오. 기호야말로 그 인간이라 했으니, 기왕이면 있어 보이는 것으로 말이오. 그래도 없다면 급조라도 해야 하오, 선생. 무릇 현대인이라면 기호와 취향으로, 제스처와 포즈로 스스로를 규정할 수 있어야 하지 않겠소.

기억나오, 선생? '똥은 계급의 첨예한 반영'이라 쓴 시인이 있었소. 그렇게 쓰고 시인은 출가했소. 지금이라면 기호와 취향이 계급의 첨예한 반영이라고 썼을지도 모르오. 철저하게 사적인 것 같지만, 철두철미 정치적이고 철두철미 계급적인 것이 기호와 취향 아니오. 우리 동네 '니르바나 에스테틱'의 선전 문구는 이렇소. "여자의 피부는 사치가 아닙니다, 신분입니다!" 그렇소. 지금은 피부가 신분이고 계급인 시대인 게요, 선생.

아무튼 사람은 감각한다 고로 살아 있는 동물이니, 기호품이란 건 감각의 충족을 지향하는 무엇일 게요. 시각, 청각, 미각, 후각, 촉각, 소위 오감이라는 걸 하나씩 털어봅시다. 일단 시각은 아니오, 선생. 나는 내 눈을 믿지 않소. 나는 한 번도 내 시각의 진짜 주인이었던 적이 없소. 내 눈으로 보지만 내가 보는 것은 정말로 내가 보는 것이 아니오. 내 안에 주입되고 학습된 male gaze, 남성의 시각이 보는 거요. 나는 내가 보는 것을, 본 것을, 매번 의심하고 매번 뒤집어 보아야 하오. 게다가 시각보다 더 파렴치한 감각이 어디 있겠소. 눈은 언제나 대상을 갈취하고, 착취하고, 더럽히게 마련이오. 게다가 시각은 확장된 촉각이오, 선생. 일상적으로 응시의 먹잇감으로 던져지는 여성은 눈길이 곧 손길이라는 것을 알고 있소. 이제는 몰카라는 비인간적인 시각 으로까지 진화한 일상의 능욕, 그래서 여자들은 죽 는 족족 귀신이 되는지도 모르오. 어쩌면 귀신이 되 려고 죽는지도 모르오, 여자들은. 보이지 않으면서 보는 것이 되려고.

청각 말이오? 나는 음악과는 절연했소, 선생. "모 든 음악은 심연의 뚜껑을 열고"(귄터 그라스), 심연 의 뚜껑을 열지 않는 음악은 진정한 음악이 아니고, 나는 이제 내 심연의 뚜껑이 열리는 것을 더는 견딜 수가 없게 된 거요, 선생. 특히나 음악의 '터치', 나 를 핥고, 쓰다듬고, 휘젓고, 심지어 오장육부까지 주물럭거리려 드는 그 개입을 더는 못 참게 된 거 요. 그렇소, 선생. 세상에는 음악을 못 견디는 우스 운 인간도 있는 거요. 이제 내가 청각으로 누릴 수 있는 유일한 호사는 정적뿐이오. 나에게는 정적의 카탈로그가 있소. 내가 누렸던 정적의 황홀경을 기록해두는. 가장 최근의 목록에는 이렇게 적혀 있소. "목록 106. 안개 낀 새벽 강가에서 마주친 만개한 찔레꽃 덤불, 그 덤불에 에워싸인 공터의 정적."

미각이라면, 말해 뭐 하겠소. 나에게 음식은 먹어도 되는 음식과 먹어서는 안 되는 음식, 소화시킬 수 있는 음식과 소화시킬 수 없는 음식, 딱 두 범주가 있을 뿐. 기호와 취향이 작동할 여지라고는 없소. 내가 먹는 것이 바로 나라면, 나는 거의 축견에 가깝소. 다만 초식성. 나에게서 나오는 개 풀 먹는 소리는 이래서 나오는지도 모르오, 선생. 그리고 촉각에 대해서라면, '불가촉'이 나의 대원칙이오. '불가촉'은 나뿐만 아니라 상대에게도, 대상에게도 쌍방향으로 작동되는 상호성을 지니오. 만지는 모든 것이 금으로 변했다는 이야기가 있는 걸 보면, 만지는/만져지는 모든 것이 똥으로 변할 수도 있지 않겠소, 아니면 재로.

마침내, 후각이구려, 선생. 후각은 내가 감내할

수 있는 유일한 감각, 나를 가장 미치게도 하고, 가장 살아 있게도 하는 감각이 후각이오. 나는 세계를 냄새로 감지하오, 선생. 나에게 세계는 진동하는 냄새의 응집, 냄새의 응축, 냄새의 집적, 바로 그거요. 냄새로 울부짖고 냄새로 발정하고 냄새로 자전하고 냄새로 공전하는 냄새 덩어리요. 선생. 존재하는 모든 것은 냄새를 풍기오. 생물도, 무생물도, 감정도, 색깔도, 심지어 어휘까지도 냄새를 풍기오. 나는 코로 이해하고, 코로 판단하고, 코로 읽고, 코로 쓰오. 나에게 만물의 척도는 냄새, 냄새가 나지 않는 것은 가짜요. 좋건 나쁘건 살았건 죽었건 냄새가 나지 않는 것은 가짜요. 내가 쓴 것들 중에도 냄새가 나지 않는 것들이 있소. 죄다 가짜요. 웃기는 소리지만, 귀신 코는 속여도 내 코는 못 속이오, 선생.

게다가 맛의 80퍼센트는 냄새, 나는 코로 먹소. 미각을 앗겨 열 배는 예민해진 코로. 마치 귀신이라도 된 듯이. 집 근처 원조 황제뒷고기, 그곳을 지나칠 때면 나는 발을 멈추고 서서 흠씬, 고기 굽는 냄새를 들이마시오. 넋의 털끝에서 털끝까지 스며드는 황제의 뒷고기 냄새. 어쩌면 나는 이 냄새 때문에 환생할지도 몰라, 몸을 떨면서 말이오. 뇌에 침이 흥건히······ 찾았소! 선생.

나에게도 '구체적인 기호품'이 있었소. 있소. "냄새만 맡아도 살 것 같던 살이 / 냄새만 맡아도 돌 것 같은 살이 되는 건 금세금방"인 나의 변덕을 초월하여 30여 년, 이것 하나가 있소. 침향 적정寂靜. 이 향은 피워도 향기가 없소. 다만 이 향은 피어올랐던 공간을 절대진공眞空으로 바꾸어놓소. 필라멘트처럼, 끊어지는 순간까지 백열하기만 할 뿐, 타서 연소할 수 없는 것이 쓰는 자의 운명이라면, 불순물 없는 진공이야말로 쓰는 자가 생사를 맡길 만한 경계 아니오. 마침내

30매를 채웠소. 애썼소, 선생.

GG

지은이 김언희
펴낸이 김영정

초판 1쇄 펴낸날 2020년 3월 30일

펴낸곳 (주)현대문학
등록번호 제1-452호
주소 06532 서울시 서초구 신반포로 321(잠원동, 미래엔)
전화 02-2017-0280
팩스 02-516-5433
홈페이지 www.hdmh.co.kr

ⓒ 2020, 김언희

ISBN 978-89-7275-157-1 04810
        978-89-7275-156-4 (세트)

* 책값은 뒤표지에 있습니다.
* 이 도서의 국립중앙도서관 출판예정도서목록(CIP)은 서지정보유통지
  원시스템 홈페이지(http://seoji.nl.go.kr)와 국가자료종합목록 구축시스
  템(http://kolis-net.nl.go.kr)에서 이용하실 수 있습니다.
  (CIP제어번호: CIP2020008991)